RÊVE SATANO-POLITIQUE

Par JEAN BARBIER

Lauréat et Membre d'honneur des Concours Poétiques de Bordeaux ; inscrit pour prendre rang sur l'Album de la Société des gens de lettres de Paris ; auteur de douze comédies et drames en 5 actes en vers ; d'un poème intitulé *Naufrage du Jeune Léon*, du Havre, en deux chants ; du *Poème des Crimes de 93*, un volume en 17 drames ; ex-professeur d'anatomie à l'Hospice de la Charité, à Lyon ; ex-maire et médecin en Algérie.

BORDEAUX

AU SECRÉTARIAT DES CONCOURS POÉTIQUES

92, Route d'Espagne

—

1873

RÊVE SATANO-POLITIQUE

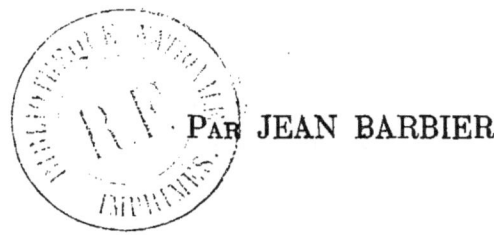

Par JEAN BARBIER

Lauréat et Membre d'honneur des Concours Poétiques de Bordeaux ; inscrit pour prendre rang sur l'Album de la Société des gens de lettres de Paris ; auteur de douze comédies et drames en 5 actes en vers ; d'un poème intitulé *Naufrage du Jeune Léon*, du Havre, en deux chants ; du *Poème des Crimes de 93*, un volume en 17 drames ; ex-professeur d'anatomie à l'Hospice de la Charité, à Lyon ; ex-maire et médecin en Algérie.

———

BORDEAUX

AU SECRÉTARIAT DES CONCOURS POÉTIQUES

92, Route d'Espagne

—

1873

RÊVE SATANO-POLITIQUE

RÊVE SATANO-POLITIQUE
POÈME EN CINQ CHANTS

RÊVE SATANO-POLITIQUE
Premier Chant.

Sommaire. — Voyage dans l'immensité ; apostrophe à mon rêve.

Écoutez, chers lecteurs, écoutez le récit,
D'un rêve sans égal, que je fis l'autre nuit.
Rêve, bien que passé depuis plus de douze heures,
Rappelle à mon esprit de tristes aventures
Dont mon réveil ne peut adoucir les horreurs.
Arrivons vite aux faits, écoutez, chers lecteurs,
Pour ne pas abuser de votre complaisance,
Je raye la préface, écoutez, je commence :

La cloche du village, au son grave et lointain,
M'annonce l'Angélus, quatre heures du matin.
La nuit semble mourir, l'oiseau dans la bruyère
Qu'éveille chaque jour l'étoile matinière,
Appelle, par son chant, les chrétiens au saint lieu,
Les pécheurs au remords, et les justes à Dieu.

J'avais beaucoup écrit, et j'écrivais encore
Quand l'horizon ouvrit son grand cercle à l'aurore ;
Mais alors le sommeil, appuyant sur mon front
Son invisible main et son sceptre de plomb,
Vint engourdir mes sens, suspendre ma prière,
Donner trève à ma muse et fermer ma paupière.

Les songes aussitôt, planant sur l'Univers,
Enfants tout à la fois des Cieux et des enfers,
Tantôt anges, démons, serpents, amours, fantômes,
Qui torturent ou font les délices des hommes,
Descendent près de moi, sur un char ténébreux,
M'enlèvent de mon siége et me placent près d'eux.
A leur ordre l'éclair leur prête à l'instant même,
Sa puissance électrique et sa vitesse extrême.

Mon char, brûlant l'espace, en un instant je vis
Disparaître à mes yeux, le sol de mon pays :
Ce qui vint me causer une douleur profonde.
Enfin, d'après mon rêve, en moins d'une seconde
Je franchis le soleil, dans mon vol incertain ;
Je laisse ses rayons mourir dans le lointain.
Ce grand astre, à mes yeux, n'est qu'une faible étoile,
Que l'espace engloutit sous son immense voile.
Saturne au double anneau, Jupiter et Vénus,
Pâlissant sous mes pieds, bientôt ne seront plus.

Mais de l'immensité, de nouveaux soleils naissent,
Enflamment l'horizon, pâlissent, disparaissent,
Et font place aux rayons d'un soleil non moins beau,
Dont mon char, en passant, étouffe le flambeau.

O tableau ravissant ! tableau plus que sublime !
Œuvre du Créateur où ma raison s'abîme,

Tu confonds mon esprit, terrasses mon orgueil,
Et plonges mes calculs dans la nuit du cercueil.
Cet espace, ô mon Dieu! visible à l'œil de l'homme,
N'est donc qu'un petit point, qu'un invisible atome;
Où sont donc les confins des Cieux que je parcours,
Et le dernier soleil que je cherche toujours!
Moteur de l'univers, me désignant sa place,
Dites-moi s'il existe un centre dans l'espace.
Mais, non, le firmament, aux sublimes accords,
Ne peut avoir de centre, alors qu'il est sans bords.
L'éclair qui me conduit, est toujours en présence
D'une autre immensité qui toujours recommence.
Oh! pourtant ce grand cercle, égal en chaque lieu,
N'est qu'un petit anneau tournant aux doigts de Dieu.

Ainsi, j'erre toujours sans pouvoir m'en défendre,
Dans un vide éternel que Dieu seul peut comprendre.
O rêve! ô mon tyran, monstre mystérieux,
Es tu l'enfant du Styx, de la terre ou des Cieux?
Ton invisible esprit vit-il dans un atome,
Voltige-t-il en l'air? réside-t-il en l'homme?
Es-tu dans son cerveau, dans son âme, en son cœur,
Viens-tu le torturer, pour faire son bonheur?
Ton existence est-elle essentielle à la sienne?
Aurais-tu quelque chose en lui qui t'appartienne?
Avant qu'il naisse es-tu dans son corps imparfait?
Germes-tu dans son germe ou nais-tu quand il naît?

Dis-moi, fils de la nuit, étends-tu ton domaine
Au-delà des remparts de la cervelle humaine?
Ses deux lobes sont-ils tes seuls départements?
L'homme est-il, en un mot, le seul à qui tu mens?
Dis-moi, les animaux, cette famille immense,
Sont-ils, ainsi que nous, soumis à ta puissance?
Vas-tu parler au bœuf alors que nos travaux
Lui permettent de prendre un instant de repos?
Le fais-tu voyager, brouter à la prairie
De l'herbe, alors qu'il meurt de faim à l'écurie?
De plus en plus barbare enfin lui fais-tu voir
Le boucher qui l'attend au fond de l'abattoir?

Entretiens-tu l'erreur, que tu tiens à tes gages,
Pour t'aider à mentir dans les grottes sauvages?
Poursuis-tu le lion dans ses brûlants déserts?
Le ver rampant sur terre et l'habitant des mers?
Irais-tu, descendant l'échelle de la vie,
Tourmenter les amours des fleurs de la prairie?
Leur fais-tu voir le feu s'enflammant sous les eaux,
Brûler en même temps et noyer ses rameaux?
Ou bien les balançant dans un rêve contraire,
Leur fais-tu voir Zéphir, leur enfant de Cythère,
Les caresser le jour, le soir les inonder
Du pollen amoureux qui doit les féconder?
Leur fais-tu voir enfin l'abeille vigilante,
Le corps outre chargé de poudre fécondante,
Suppléant aux amours d'un amant paresseux,
Les couvrir en passant de pollen amoureux?

O rêve! ô mon tyran! veuille, je t'en conjure,
Me dire ton vrai nom et quelle est ta nature?
Pour me répondre, hélas! tes efforts seraient vains,
Ton principe appartient aux mystères divins.
Inclinons notre orgueil et notre suffisance
Devant l'Être suprême, et gardons le silence.

Mon rêve, chers lecteurs, et s'éclipse et me fuit,
Le sommeil à son tour m'enchaîne et m'assoupit.
Je dors, en vous parlant, et ma langue affaiblie
Ne peut plus se mouvoir : à demain je vous prie.

Deuxième Chant.

Sommaire. — Batailles de Metz et de Strasbourg ; triomphe des Allemands ; réjouissance à Berlin.

Mon rêve, chers lecteurs, qui toujours me désole,
Au nom de Belzébuth, demande la parole.
Par curiosité, je dois y consentir...
Je ne viens pas, dit-il, ici pour te mentir.
Ce sont des vérités que constate l'histoire,
Que je voudrais pouvoir chasser de ta mémoire.
Écoute le détail de nos derniers combats,
Que j'ai transcrits avec le sang de nos soldats.

Allons donc, citoyens, commençant la campagne,
Nous abattre, en esprit, sur l'altière Allemagne;
Sous les murs de Sédan, où tes yeux pourront voir
Le sang humain remplir un immense abattoir.
Deux armées sont là, selon la circonstance;
Chacune reste en place, ou recule, ou s'avance.
Les soldats des deux camps, tristes, silencieux,
A leurs pauvres parents font leurs derniers adieux.
Tout est silencieux; enfin l'arme se charge,
Les tambours, les clairons sonnent, battent la charge;
Pour sauver leur pays, méprisant l'avenir,
Les soldats des deux camps veulent vaincre ou mourir.
Au mot feu prononcé, la fusillade tonne,
La mort serre la main et sourit à Bellone;
Le sang coule à grands flots, l'étang n'a plus de bords,
Le sol épouvanté se cache sous les morts;
Les bombes, les boulets tombent comme la grêle,
Sur deux cents régiments que le sabre morcelle.
Voyez, mes chers lecteurs, tous ces fleuves de sang,
Étouffer nos blessés étendus dans leur rang.
Après huit jours enfin d'un horrible carnage,
Le sang ne coule plus dans l'étang où je nage;
Les canons sont muets depuis quelques instants,
Le combat a cessé faute de combattants.

Pendant que le soleil nous prête sa lumière,
Parcourant à pas lents ce triste cimetière,
Où je vais terminer ma prière à genoux,
Toi, noble chassepot, viens, accompagne-nous.
Nous désirons savoir si, durant ce voyage,
Tu pourras, sans frémir, admirer ton ouvrage.
Eh! que t'importe au fait, tout le sang que tu vois
Jaillir sur ton habit, se cache sous tes croix.

Ce chemin labouré déjà par la mitraille,
Nous conduit, chers lecteurs, sur le champ de bataille.
Où nous sommes déjà, en frissonnant je vois
Quatre mille blessés étendus dans ces bois,
Que de lâches amis, que la peur vint surprendre,
Laissèrent lâchement, sans oser les défendre.

Mille n'existent plus! la mort et la douleur
Se sont gorgés du sang qui coulait dans leur cœur.
Les hommes, les chevaux, tous atteints de folie,
Leur passant sur le corps, les mettent en bouillie.
Laissons leur détritus empoisonner les airs,
Et voyons ces blessés que dévorent les vers;
Voyons, en maudissant le grand siècle où nous sommes,
Des hommes égorgeurs, égorgés par des hommes.
Voyons donc ces blessés... pour juger leur douleur,
Leurs maux et leurs tourments, descendons dans leur cœur.
Mais non, mes chers lecteurs, détournons notre vue
D'un tableau qui déjà nous torture et nous tue;
Ne nous enterrons pas dans des ruisseaux de sang,
Qui sortant de leur cœur les étouffe en leur rang.
Détournons nos regards de ce sang qui nous glace,
Venez, mes bons amis, venez, changeons de place.

Regardez ce soldat qui soutient dans sa main
Ses entrailles en sang, fuyant son assassin!
Et son ami pressant, avec sa main tremblante,
L'ouverture en lambeaux, d'une artère béante,
Par où le sang jaillit. Hélas! soins superflus,
Son cœur est déjà vide et le soldat n'est plus.
Regardez son ami que sa mort désespère,
Baiser sa main sanglante! hélas! c'était son frère!
Voyez ce vieux soldat vacillant sur ses pas,
Dont la croix est brisée et qui n'a plus qu'un bras;
Regardez ce conscrit qu'égorge une blessure,
Où des vers affamés arrachent leur pâture;
Voyez-le sans secours, cédant à sa douleur,
Se plonger par deux fois le couteau dans le cœur.
Regardez son voisin, qui se penche, s'incline,
Prend le même couteau qu'il plonge en sa poitrine;
Entendez ces blessés qui gisent près de vous,
Vous dire, en se crispant, messieurs achevez-nous!
En nous donnant la mort vous nous donnez la vie,
Faites cesser nos maux au nom de la Patrie!

Quel terrible abattoir, que de maux, que de sang!
Que de soldats sans vie, entassés dans leur rang.

Dieu de l'éternité que l'univers acclame,
Leur corps n'existant plus, bénis, sauve leur âme.

Orgueilleuse victoire, ô triste point d'honneur,
Écume des enfers! vous me faites horreur!

Quels sont ces cris affreux! jamais rumeur pareille!
Ne vinrent à la fois torturer mes oreilles.
C'est la cavalerie arrivant sur ces lieux,
Qui pile sous ses pieds les blessés à nos yeux.
Peuple triomphateur qu'empoisonne la rage,
Regarde sans pâlir, si tu peux, ton ouvrage.
Regarde ces blessés, hachés, mis en lambeaux,
Qui vous lèguent, mourants, aux serpents infernaux.
Sachez, hélas! Prussiens, qu'enivre la victoire,
Que la mort qui vous traîne au temple de mémoire
Ne vous élève ici de riches monuments,
Sur lesquels vous trônez qu'avec des ossements!

Quelle horreur! la victoire aux poudreuses entrailles
Sourit en assistant à tant de funérailles.
Et grave, de sa main, sur son rouge étendard,
La chair est sa pâture et le sang son nectar.
Permettez-moi, lecteurs, ici de vous traduire
Le mot victoire; eh bien! voici ce qu'il veut dire :
Salpêtre, assassinat, brigandage, terreur!
Titres que l'on décore avec la croix d'honneur.

Eh! quoi, les inventeurs de nos foudres de guerre,
Qui peuplent les tombeaux pour dépeupler la terre;
Qui fabriquent partout des engins meurtriers
Pour hacher d'un seul coup des bataillons entiers;
Qui font couler le sang d'une telle manière
Qu'ils changent en mortier le sable et la poussière,
Mortier qui doit servir avec nos ossements
A construire à Berlin d'infernaux monuments
Qui doivent rappeler à la race allemande
Le triomphe sanglant du roi qui la commande.
Eh bien! ces monuments dont le crime est l'appui,
S'écrouleront un jour sur son peuple et sur lui.

Dites-moi, chers lecteurs, que veut dire victoire,
Que veut dire ce mot, poison de notre histoire?
Que veut dire ce mot, qui dore notre orgueil,
Qui traîne chaque jour les humains au cercueil?
Dites-moi, chers amis, ce que ce mot veut dire,
Hâtez-vous, s'il vous plaît, sinon je vais l'écrire.
Ce mot, tant infernal, se traduit par tombeaux,
Par tyrans couronnés, que je nomme *bourreaux*.
C'est un cancer rongeur, c'est enfin le tonnerre
Que Mars suspend sur nous pour engloutir la terre.

Sachez bien, chers lecteurs, que c'est sous les drapeaux
Dans notre sang caillé que germent les héros.
Détournons nos regards du tableau qui nous glace,
Venez, mes chers lecteurs, venez, changeons de place.
Non, non, tuons toujours, remplissons les tombeaux
Pour donner de la chair aux voraces corbeaux ;
Non, non, tuons toujours, point de sang, point de gloire,
Ce n'est que sur des morts qu'on peut chanter victoire.

O! lui qu'on nomme Mars, qui nous tient dans ses fers,
L'humanité le lègue aux flammes des enfers.
Monstre! sache-le bien, le peuple de notre âge
Te méprise, te hait et te crache au visage;
Sur ce crachat baveux qui glisse sur ton sein,
Se lit en traits de sang : Mars n'est qu'un assassin.
Mon Dieu! délivre-nous de ce monstre en furie,
L'humanité t'en prie au nom de la Patrie.
Le plomb, le fer, la soif, la faim, le désespoir,
N'ont plus rien à tuer, dans ce grand abattoir.
Tremblant, anéanti, je n'ai plus le courage
De marcher dans le sang où la France surnage.

Nous allons assister, la mort dans notre cœur,
Au triomphe sanglant, du roi notre vainqueur.
Suivez-moi, chers lecteurs, armez-vous de courage
Contre les dards aigus de ce nouvel outrage;
Tout le monde illumine en ce jour sans pareil,
Berlin donne un rival à l'astre du soleil.

Mais tous ces lampions que je compte avec peine,
Ne sont alimentés qu'avec la graisse humaine ;
Et ces nombreux bûchers, qui barrent les chemins,
Ne sont entretenus qu'avec des corps humains.
Mais n'importe, on s'amuse, on rit, on danse, on chante,
Plus on compte de morts, plus la fête est brillante ;
Enfin les bons dîners et les plaisirs du bal,
Font de ce jour sinistre, un jour de carnaval.
Pour terminer l'orgie, on élève les verres
Et l'on boit à la mort de nos malheureux frères.
Vidant le second verre, on s'écrie aussitôt :
Vive, vive à jamais l'immortel chassepot.
Sachez, héros Prussiens, qu'enivre la victoire,
Que la mort qui vous traîne au temple de mémoire
Ne vous élève ici de riches monuments,
Sur lesquels vous trônez, qu'avec des ossements.
D'où le destin un jour, les réduisant en cendre,
En s'écroulant sur vous, vous en fera descendre.
Que Dieu nous soit en aide, et que l'humanité
Dicte toujours ses lois à notre Liberté.

Troisième Chant.

Sommaire. -- Départ pour les Enfers ; apparition du palais des Tuileries ; pillage ; tous les habitants assassinés. 30 Suisses brûlés vivants ; nom des antropophages qui se sont repus de leur chair calcinée.

Vous voilà, chers lecteurs, vous étiez soucieux
Sans doute de savoir si je me portais mieux.
Heureux de vous revoir, je viens vous satisfaire,
Ne possédant nul siége, asseyons-nous par terre.
Mais avant tout donnons la parole au menteur,
Au gascon qui se dit mon guide et mon tuteur,
Fantôme de la nuit que veux-tu, je t'écoute.

Je viens te prévenir qu'il faut nous mettre en route,
Sans égard pour les maux que nous avons soufferts ;
Satan veut nous entendre et nous voir aux enfers.
Ne pouvant m'insurger, lecteurs, je vous engage,
Si vous le trouvez bon, de me suivre en voyage.

Un pays plat et sec, arrondit à mes yeux
Un cercle à l'horizon qui fait le tour des Cieux.
Le sol volcanisé, sur lequel je m'appuie,
N'eût jamais son cadavre humecté par la pluie.
Un air empoisonné, vomi par les démons,
Pénétrant dans mon sein, dévore mes poumons.

Après avoir marché péniblement une heure,
Apparut à mes yeux, une riche demeure;
Magnifique en tous points, que l'on pourrait, je crois,
Prendre pour le palais, demeure de nos rois.
Les flammes qui sortaient de ce grand édifice,
Qui brûlaient mes regards et faisaient mon supplice,
Me firent présumer, chers lecteurs, un instant,
Que c'était le palais du citoyen Satan.
Les flammes augmentant, curieux, je m'avance
Jusqu'aux pieds de ses murs, qui sont en ma présence.
J'entre... du sang caillé, des cadavres surtout
Encombraient l'escalier, d'un bout à l'autre bout.
C'étaient des vieux soldats aux habits couleur rouge,
Aucun n'existe plus! en effet nul ne bouge.
Mon rêve en ce moment, méprisant mes tourments,
Me lance, en souriant, dans les appartements;
Grand Dieu! pour me cacher cette scène imprévue,
Tant de sang, tant de morts, privez-moi de la vue;
Jamais être sauvage, habitant les déserts,
Ne vit ni ne verra d'hommes aussi pervers.
Là des vieux assassins, soldés par la montagne,
Le poignard à la main, se mettent en campagne;
En effet, ces brigands, armés de coutelas,
Dépeuplent le palais, pour la deuxième fois.
Filles, femmes, enfants, cuisiniers, cuisinières,
Serviteurs bigarrés de toutes les manières,
Qui se trouvaient alors dans le noble palais,
Vont peupler les tombeaux et mourir pour jamais.
De toutes parts du sang, des cheveux, des entrailles
Et des lambeaux humains tapissent les murailles.
Rien n'existe au palais, aux sinistres abords,
On ne voit plus ici que du sang et des morts.

Nous avons vu, lecteurs, lancer par les fenêtres
Femmes, enfants, vieillards, domestiques et maîtres:
Nous avons vu, lecteurs, des êtres innocents
S'écrasant sur le sol, écraser les passants.
Eh bien! ces assassins d'exécrable mémoire,
Qui font pâlir le jour et rougir notre histoire,
Sont portés en triomphe et couverts de bravos,
Nommés grands citoyens et même des héros.
Dans un large foyer, enfant du moyen-âge,
Brûlent en pétillant les débris du ménage.
Vous devinez sans doute à quoi doivent servir
Tous ces meubles dorés qui brûlent à ravir.
Je n'ai donc pas besoin de faire la dépense
De moments précieux, qui vous sont chers, je pense.
Vingt Suisses sont rôtis, chers lecteurs, ayant faim
Nous allons savourer la chair du genre humain.
Dénonçons nos gourmets, l'histoire, notre amie,
Nous réclame leurs noms voués à l'infamie.

Les voici, chers lecteurs! Varennes, rugissant,
Mange le cœur d'un Suisse, encore palpitant.
Blanc l'applaudit d'abord, puis éventre avec joie
Un Suisse encore chaud, dont il mange le foie.
Gramon, le comédien, je puis vous le prouver,
But un verre de sang, pour se désaltérer.
Arthur Lenapelier, que vit naître Le Havre,
Se fit un ceinturon des boyaux d'un cadavre;
Écharpe communarde en tout digne à la fois
Des nobles égorgeurs de l'an nonante trois,
Et de nos pétroleurs de la saison dernière
Qui voulaient mettre à feu la France tout entière.
O temps qu'on rêve encore, ô temps d'iniquité :
Vivent les assassins! vive l'égalité.

Ce festin, chers lecteurs, vous paraît incroyable;
Il n'est pas, selon vous, un peuple assez coupable
Pour faire un tel repas, qui nous glace d'horreur :
Ce doute vous honore et grandit votre cœur.
Et si mes chers amis refusent de me croire,
Qu'ils aillent consulter notre sanglante histoire,

Qui saura leur prouver que je n'ai pas tout dit,
De crainte d'effrayer leur âme et leur esprit.
Nonante trois, lecteurs, d'infernale mémoire,
A noyé dans le sang notre sanglante histoire.
Que de nouveaux Marrat ensanglantent encor...
Que vois-je, chers lecteurs! la mort, toujours la mort.

Sur une perche en fer, amis, la mort signale,
De son doigt décharné, la tête de Lambale,
Dont le sang vient tomber, goutte à goutte sur moi :
Jugez, mes chers amis, de mon sinistre effroi.
Je suis couvert de sang, il est donc nécessaire
Que j'aille visiter mon pauvre vestiaire ;
Mais mon rêve m'arrête, et ce monstre maudit
Me couche sur un roc, et mon bourreau s'enfuit.
O! toi dieu du sommeil, cache-moi, je te prie,
Aux yeux des assassins de ma noble Patrie.

Quatrième Chant.

Sommaire. — Le pont du Styx, rempart des Enfers. Cerbère m'ouvre la porte du
Ténare. Mon rêve l'épouvante, il s'enfuit, et me laisse au pouvoir de mon
rêve.

Eh! quoi, l'homme qui peut surmonter tant d'obstacles,
Dont l'esprit créateur enfante des miracles,
Cet homme aimé de Dieu qui, prenant le compas,
Toise l'espace immense et le Ciel d'ici-bas ;
Qui fixe le soleil et, d'une main habile,
Mesure la grandeur de cet astre immobile ;
Eh! quoi, l'homme qui compte et trace tour à tour
L'espace que la terre arpente chaque jour ;
Qui la voit, s'arrachant du sein d'un grand problème,
Chaque jour en marchant, tourner sur elle-même,
Revenir tous les ans, sur son quadruple char,
Visiter au jour dit, le lieu de son départ ;
Qui sait se faire entendre, en moins d'une seconde,
Distinctement d'un bout à l'autre bout du monde ;
Qui conserve l'espoir, dans ses fougueux élans,
D'escalader le Ciel dans des palais volants.

O! contraste inouï! ce grand homme se laisse
Pourtant influencer par un rêve! ô faiblesse.
Quelle honte pour nous, que la gloire soutient,
De céder au pouvoir d'une ombre qui n'est rien.
Vous voilà, chers lecteurs, je vous ai fait attendre,
Veuillez me pardonner, m'écouter et m'entendre.

Mon rêve, sans égard des maux que j'ai soufferts,
Je vous l'ai déjà dit, me conduit aux enfers.
Vainement, chers lecteurs, je lui fais résistance,
Mais mon garçon se fâche et m'impose silence,
Me pousse par derrière et me fait malgré moi
Trotter sur un chemin, qui me glace d'effroi.
Je marche, chers lecteurs, si j'ai bonne mémoire,
Depuis trente-six jours sans manger et sans boire!...
Enfin j'arrive aux pieds des monstrueux remparts,
Qui transpercent la nue et bravent mes regards;
C'est là que les pécheurs, condamnés sur la terre,
Viennent s'amonceler, portés par le tonnerre;
Et le Cocyte, aux pieds de ces remparts déserts,
Les reçoit et les traîne à son tour aux enfers.
L'infernal pont-levis, traversant le Cocyte,
Redouble la terreur qui me trouble et m'agite.
Cet affreux monument, chef-d'œuvre de ces lieux,
Me fait battre le cœur et clôturer les yeux.
Mais alors mon tyran, tel qu'un grain de poussière,
Me lance vers le pont qui m'ouvre la barrière,
Et sans me consulter, mon ignoble tyran,
Me lance vers le pont où je rêve à présent.
Permettez-moi, lecteurs! maintenant de décrire
Les merveilles du pont, sur lequel je respire.
Les deux rampes en fer portent, des deux côtés,
Des dards rougis à blanc, à demi crochetés,
Entre les dents desquels, les damnés de passage,
Pour solder leur transport et le droit de péage,
Laissent entre leurs dents, des chairs suffisamment
Pour inscrire leurs noms écrits lisiblement.
Que de noms d'assassins, que d'infâmes bacchantes
Figurent sur ces chairs, à jamais palpitantes.

Enfin mon rêve affreux m'étouffant dans ses fers,
Me lançant jusqu'aux pieds des remparts des enfers,
Là, formé d'ossements et d'humaines carcasses,
Se trouve un grand portail surmonté de deux glaces,
Qui reflètent ces mots, répétés treize fois :
Enfer des assassins de l'an nonante trois.
Plus bas, je lis encor, si j'ai bonne mémoire,
Trois cents petits enfants engloutis dans la Loire;
Trois cent neuf fédérés furent, avec amour,
Jugés et mitraillés à Lyon, dans un jour;
Vivent les assassins! que la vertu se taise;
Que le sang coule à flots! vive quatre-vingt-treize!!!

En travers du portail, à hauteur de la main,
Fortement garrotté, se trouve un corps humain;
Ses traits, bien qu'altérés, me firent reconnaître
Le montagnard Marat, au visage de spectre.
Sur son livide corps, suspend un lourd marteau
Au bas duquel se visse un énorme couteau,
Que les démons, venant de faire leur tournée,
Abattent treize fois sur cette âme damnée.
Ses cris, ses hurlements, et le bruit de ses fers
Font rouler, sur leurs gonds, les portes des enfers.
Je reculais d'horreur, en détournant la tête,
Quand mon rêve infernal, et me mordant m'arrête,
Et me force, lecteurs, me poussant en avant,
D'enfoncer le marteau, dans le monstre vivant.
Tremblant à son aspect et surpris à cet ordre,
Je sentis mes deux bras se crisper et se tordre;
Néanmoins, ô terreur! je saisis malgré moi
Le terrible marteau qui me saisit d'effroi,
Le soulève et l'abat, en détournant la face,
Treize fois sur Marat, qui me demande grâce.
Chaque cri qui sortait de son horrible flanc,
M'aspergeait à la fois et de bile et de sang.
Enfin grâces au Ciel, le citoyen Cerbère
Vint ouvrir le portail, rugissant de colère.
Son aspect effrayant, glaçant mon sang d'horreur,
M'étendit raide mort aux pieds de sa grandeur.

Je vous dirai demain, sans perdre une seconde,
Si l'on fait bonne chère ou non dans l'autre monde.
En attendant, lecteurs, ma résurrection,
Priez, en me donnant votre bénédiction.

Cinquième Chant.

Sommaire. — Mon rêve me présente à Satan, qui me fait un bon accueil, m'introduisant dans son immense tribunal où sont jonchés les assassins de 93 ; leur jugement, leur supplice.

Par un miracle, amis, je me trouve à l'instant,
A mon très grand regret, à côté de Satan,
Qui faisait, dans son parc, un tour de promenade.
Je fus reçu par lui comme un bon camarade ;
C'est par son ordre exprès, que les grands de sa cour,
Vinrent baiser ma main et me faire leur cour.
Puis enfin Lucifer, que son cortége assiége,
Vint m'offrir son vautour pour me servir de siége.
Le monstre, obéissant, s'accroupit à mes pieds,
Me présente son dos, sur lequel je m'assieds.
Mais hélas! aussitôt un fort coup de tonnerre
Vient frapper mon dragon et me renverse à terre.
Je dois vous l'avouer, j'eus peur, je me crus mort,
Écoutez, citoyens, ce n'est pas tout encor.
Un serpent rouge et noir, d'une étrange structure,
S'enroule treize fois, autour de ma ceinture,
Et sa queue aussitôt, d'un bond désordonné,
S'enroulant à mon cou, me sert de cache-nez.
Le terrible animal, avec lequel je lutte,
Me rend en m'étreignant plus mince qu'une flûte.
N'y pouvant plus tenir, j'appelle à mon secours
Satan, qui me promit de défendre mes jours.
Loin de me secourir, le fourbe au cœur de pierre,
Approuvant le serpent, ricane une heure entière.
Tu te plains, me dit-il, de tes périls charmants,
C'est un insigne honneur, chrétien, que je te rends.
Ce vivant ceinturon est une sauve-garde
Qu'on nomme en mon empire écharpe communarde.

Quand un maire infernal faillit à son devoir,
Qu'il pille mon trésor selon son bon vouloir,
Le prenant sur le fait, son écharpe vivante
L'engloutit corps et bien dans sa gueule sanglante ;
Et, méprisant les maux par lui déjà soufferts,
D'après mon ordre exprès le vomit aux enfers.
Là, son tourment grandit en raison de son crime,
Du nombre de ses vols dont il est la victime.
Si vos collets brodés portaient le ceinturon,
Ces messieurs n'auraient pas le gousset aussi rond.
Sitôt après ces mots, qui restent sans réplique,
Lucifer m'introduit dans la cour satanique.
Permettez, citoyens, que j'étale à vos yeux
Le tableau révoltant de ces horribles lieux.

Sur le premier degré, construit dans cet espace,
Sont les dieux infernaux, où la cour trouve place.
En face du parterre est un emplacement
Que l'on nomme rotonde assez communément.
Là, s'offre à nos regards deux loges palpitantes,
Que forme un triple rang de couleuvres sanglantes ;
Satan, dans la première, en costume de cour,
Gorge de sang humain son tigre et son vautour ;
Et moi, seul étranger, j'occupe la seconde,
Assis péniblement sur les crimes du monde.
Les siéges au-dessus ne reçoivent jamais
Que les seigneurs ayant tabouret au palais.
Le troisième présente à la basse noblesse
Des bancs où sont inscrits leur nom et leur adresse.
Les remparts au dessus me paraissent échus
Aux damnés repentants, aux archanges déchus,
Aux démons décharnés, aux gardes des cavernes,
A tous les employés, qu'on nomme subalternes.
Enfin, esprits follets, revenants, loups-garous,
Se sont, exactement, trouvés au rendez-vous.

Chrétien, me dit Satan, tu vois en ta présence
L'écume, le poison et la mort de la France.
Je vais, non sans horreur, Français te les nommer,
Si je fais quelque erreur, veuille m'en informer.

Jette avec moi tes yeux sur ce vaste parterre,
Où gronde constamment la foudre et le tonnerre.
Ces pervers, ces damnés, ces brigands que tu vois,
Sont tous des assassins de l'an nonante trois.

« Ducrot, Feros, Frèron, Barras, Barance,
» Auxquels le fer trop tard vint voler l'existence ;
» Collot-D'Herbois, Cranée, Panis, Sergent, Marat,
» Brissot, Lenfant, Duplain, Chabot-le-Renégat,
» Rocher, Vadier, Leclair, Herot, Rode, Théroigne,
» Bras droit des assassins, nymphe de la montagne,
» L'exécrable Jourdan, le cordonnier Simon,
» Dont l'histoire, à regret, nous rappelle le nom.
» Andracine, Saint-André, Bussot, Billot, Grégoire,
» Maillard, l'affreux Maillard, de sanglante mémoire ;
» Gallant, Carrier, Gaudet, Cafinhal, Saint-Fargeau,
» Dermanville, Lacroix, Hurtevent, Simoneau,
» Duhem, Hebert, Ferret, Chambon, Fournier, Santerre,
» Pétion, Lasauski, Constant, Vratet, Barrère,
» Duplain, Lefort, Jourdeuil, Fleuriot, Mazuet,
» Isabeau, Mariban, Mouton, Héron, Druet,
» Lepelletier, Dumas, Franche, Vincent, Chaumette,
» Labretèche, Michel, Saint-Just, Payen, Hischette,
» Grison, Chartut, Tranchan, Boulanger, Mamero,
» Lebar, Fleury, Granet, Lecointre, Marinot,
» Duboissey, Rossignol, Prieur, Bourson, Ravère,
» Kauk, monstres vomis par la ligue étrangère,
» Legendre, Jacquessaux, et deux mille pillards : » (¹)
Vive l'égalité, vivent les montagnards !
Honneur à la Commune, honneur à son pétrole,
Qui demande aux bandits des bras et la parole.

Eh ! toi, quatre-vingt-treize, ennemi des humains,
Qui broyas les Français dans tes sanglantes mains ;
Qui voulut l'autre jour, dans ton sombre délire,
Assassiner Satan pour lui ravir l'empire,
Pour devenir le maître et le roi des enfers,
Pour pouvoir, à ton gré, m'étouffer dans tes fers.

(1) Parmi ces noms historiques, se trouvent 17 égorgeurs des prisons de Paris, qui avaient le plus égorgé de victimes, auxquels la commune a décerné des prix.

« Sais-tu qui tu voulais égorger, téméraire?
» C'est le roi des enfers! c'est Satan, c'est ton père!
» Et c'est à Proserpine, idole de ma cour,
» A laquelle tu dois ton poignard et le jour.
» C'est elle qui lança Marat en ma présence,
» Des enfers, sur Paris, pour étouffer la France :
» La famine, la mort, le fer, l'assassinat,
» Tel fut l'état-major du citoyen Marat.
» C'est par ton ordre exprès que les suppôts infâmes
» Firent mourir, noyer cent cinquante mille âmes;
» Ainsi mon fils fut donc dans son funeste emploi,
» Plus sanguinaire encore et plus brigand que moi.

» Je sais que mon cher fils (il n'eut que quelques heures),
» Quitta furtivement mes brûlantes demeures,
» S'abattit sur Paris, pour y traîner encor
» Le noble drapeau rouge, et le fer et la mort.
» Je te vois souriant et nager avec joie,
» Dans le sang où Paris se débat et se noie.
» La Commune aussitôt dans son instinct brutal,
» A l'unanimité te nomma général.
» Chef de tous ses bandits, et commandant de place,
» Tu reçus ces honneurs de la meilleure grâce,
» Huit cents volcans chargés par ton ordre, mon fils,
» Placés dans les égoûts des rues de Paris,
» Devaient en éclatant dans leur caveau de pierre,
» Déraciner Paris et le mettre en poussière.
» Mais malheureusement pour toi, pour les amis,
» Nos valeureux soldats ne vous l'ont pas permis.

» Rassure-toi Marat, des mains toujours impures
» Viendront et te venger et panser tes blessures!
» Ennemis des Français, criez tous à la fois :
» Vivent les assassins de l'an nonante trois!
» Dussent tout renverser sous la faux meurtrière,
» Excepté les bandits, la France tout entière,
» Pétroleurs, communards, assassins, communaux,
» Commandés par mon fils et les dieux infernaux,
» Si vous aviez soumis, selon votre espérance,
» La France ensanglantée à votre obéissance,

» A votre bon vouloir, aux sanguinaires lois,
» Qui brisèrent la France en l'an nonante trois.
» Vous verriez votre sol, par vous mis en ruines,
» Doté, pour vous saigner de mille guillotines;
» Et les fleuves traîner, dans le gouffre des mers,
» Des cadavres déjà dévorés par les vers;
» Cadavres qui semaient, tout le long des rivages,
» Comme en nonante trois, la peste et ses ravages.
» Enfin vous aurez vu tous vos sanglants exploits
» Triomphant, quintupler ceux de nonante trois.
» O Français turbulents! ô France la rebelle!
» Fais ton signe de croix, tu l'as échappé belle.
» Garde à vous, gens de bien, car de vils montagnards
» Attendent leur réveil, armés de longs poignards.
» Mais non, rassurez-vous, leur conduite exécrable,
» Maudite par le Ciel, les a réduit en sable.
» Sable mis en matière, justement condamné,
» A construire des lieux qui choquent notre nez.
» Et vous vils assassins, qui comblez ce parterre,
» Qui maudissez Satan, et le Ciel et la terre,
» Ce n'est pas pour avoir conspiré contre moi,
» Ni contre mon pouvoir, ni contre votre roi,
» Que le chef des enfers vous livre à sa vengeance;
» Qu'importe à ma grandeur, à Satan que la France
» Ait été par les mains d'un peuple agitateur,
» Renversé à Paris du haut de sa grandeur.
» Que de vils montagnards, assassins mercenaires,
» Aient noyé leur couteau dans le cœur de leurs frères;
» Que de vils assassins, forbans de grands chemins,
» Aient bu du sang français dans des crânes humains;
» Que de vils assassins dont le nom me consterne,
» Aient pendu dans cent lieux le Christ à la lanterne,
» Profané les autels, placé dans le saint lieu
» Le buste de Marat à la place de Dieu,
» Cela m'importe peu; vos crimes, que j'admire,
» Ont remis en vos mains les clefs de mon empire;
» Vous ont fait, comme amis, admettre parmi nous;
» Ainsi donc vos poignards n'arment pas mon courroux.
» C'est un autre motif que vous allez connaître,
» Vous êtes plus brigands que Satan votre maître;

» Plus fourbes, mille fois, que les dieux infernaux :
» Satan, dans les enfers, n'admet pas de rivaux,
» Voilà pourquoi je veux, jaloux de vos lumières,
» Purger en vous brisant, mes infectes lanières.
» Satan va donc venger au gré de son courroux,
» Deux cent mille Français assassinés par vous.

» A moi bronze fondu, matière dévorante,
» Terreur de mes démons, que sa lave alimente ;
» Formez un vaste lac, où je puisse d'abord
» Embarquer à la fois ma vengeance et la mort.
» Que les foudres du Ciel, et mon puissant tonnerre,
» Vengent, les calcinant, les enfers et la terre;
» Que leur race s'éteigne aujourd'hui pour jamais,
» Pour l'honneur et la gloire et la paix des Français.

» Internationale, arme-toi de pétrole,
» Prête-moi des bandits, sortis de ton école ;
» Qu'ils viennent sans retard, calciner mes bandits,
» Avec le même feu qui dévora Paris.

» Le pétrole, à l'instant, inondant leur costume,
» S'enflamme en pétillant, les pèle et les consume.
» Leur flanc n'est qu'un fourneau d'où partent des éclairs,
» Qui labourent leurs corps et calcinent leurs chairs.

» Je dois pour en finir, chers lecteurs, vous apprendre
» Que ce tas de brigands n'est plus qu'un tas de cendre.
» La concorde peut seule, et non les pétroleurs,
» Sans répandre du sang, réparer nos malheurs.
» Amis de la Patrie et de la paix publique,
» N'ensanglantons jamais, jamais la République;
» Dieu bénira la France et maudira sans choix,
» Les amis des brigands de l'an nonante trois. »

JEAN BARBIER.

Algérie.

Bordeaux. — Imprimerie de A.-R. CHAYNES, rue Leberthon, 7.

LITTÉRATURE CONTEMPORAINE

Bordeaux. — Imprimerie de A.-R. CHAYNES, rue Leberthon, 7.

www.ingramcontent.com/pod-product-compliance
Lightning Source LLC
Chambersburg PA
CBHW061640180626
46818CB00005B/2433